머물고 싶다
아니,
사라지고 싶다

머물고 싶다
아니,
사라지고 싶다

윤희상 시집

강

이 세상은 말로 이루어졌다.

꽃도 말 안에서 피고 진다.

사람도 말 안에서 살고 죽는다.

당연히 사랑도 그렇다.

과학이다.

더러 그것을 믿지 않고 의심하는 사람이 있다고 하더라도 그렇게 생각해야 한다.

어쩔 도리가 없다.

나는 말을 믿는다.

시인은 그런 사람일 것이다.

내가 지금 여기에서

더 살 수 있다면,

아직 말이 스미지 않은 곳으로,

그래서 보다 더 낯선 곳으로 가고 싶다.

2021년 서울에서

윤희상

차
례

4부

1부

몸에게 말하다

　새벽하늘을 홀로 건너는 달을 보면서 고통으로 다듬었다
　그렇게 다듬어진 말이 있다
　그렇게 다듬어진 말로 자신의 몸에게 말하는 사람이 있다

　자니는 날카로운 칼로 팔목에 선을 그었다
　선영은 허벅지에 문신했다
　미키는 젖꼭지에 피어싱했다

　피 흘렸다

　아파도, 아프지 않았다

　누가 읽거나 말거나,
　이 세상에서 오직 한 사람만 알고 있는 말이 있다

　말의 뿌리를 알 수 없다

어쩌다가, 혹시 누가 읽었다고 했을 때,
그 말은 이미 좀처럼 열리지 않는 방으로 들어간
뒤였다

세 사람과 오토바이

세 사람이 사막으로 갔다
한 사람씩 차례로 오토바이를 타고
멀리, 어떤 곳까지 갔다가 되돌아오는 놀이를 했다

첫번째 사람이 오토바이를 타고 출발했다
두 사람은 기다리고 있다
멀리, 어떤 곳까지 갔다가 되돌아왔다
어떤 곳은 구름 그림자였다

두번째 사람이 오토바이를 타고 출발했다
두 사람은 기다리고 있다
멀리, 어떤 곳까지 갔다가 되돌아왔다
어떤 곳은 낙타 무덤이었다

세번째 사람이 오토바이를 타고 출발했다
두 사람은 기다리고 있다
멀리, 어떤 곳까지 갔다가 되돌아오지 않았다
아직, 어떤 곳을 알 수 없다

지금, 어떤 곳으로 가고 있다.

눈에서 뒷모습이 점처럼 작아졌다가 사라졌다
당연히 보이지 않았다

행여나, 어떤 곳이 없는 것은 아닐까

며칠이 지나고,
몇 해가 지나도록 되돌아오지 않았다

창밖의 나무

불어오는 바람도 내가 불러온 것
나뭇가지의 새싹도 내가 틔운 것
흔드는 나뭇잎도 내가 흔든 것
흔들리면서 피는 꽃도 내가 피운 것
흔들리는 나뭇잎도 내가 흔들리는 것

그래, 바로 여기
흔드는 것
피는 것
흔들리는 것
내가 흔들고, 피고, 흔들린다

창밖에서 비 맞는 나무

창밖에서 쓸쓸한 나무

창밖에서 밤마다 소리치는 나무

창밖에서 가끔, 길 떠나고 싶은 나무

창밖에서 다시, 눈 맞는 나무

지금, 바라보고 있는
창밖의 나무는
내가 심었다

나뭇가지 위에서
새를 키우는 것까지도
내가 키웠다

그런 마음까지도 나의 마음이다

창밖의 나무는 내 안에서 자란 나무

창문을 열면 나무가 없다

옹이

얼마 전 산속 절에서
큰 집을 짓고 있는
목수들이 하는 말을 들었다

잘생긴 나무에 옹이가 있지
왜, 그 나무에 옹이가 생겼는지 아느냐?
옹이는 대장간 딸이 죽어서 된 것이란다
가난한 대장장이 아버지가 돈을 많이 벌라고 말
이다

어떻게 살면 좋으냐

혼자 여행을 갔다 서울역에서 열차를 타고 천안역으로 가서, 다시 버스를 타고 산 아래 버스 종점에 이르렀다 사람을 쉽게 만날 수 없는 변두리에 아직 명랑하게 생긴 작은 크기의 개 한 마리가 보안등 기둥에 묶여 있다 버려진 것이 분명해 보였다 가끔 컹컹거리며 불안해하는 것이 안타깝다 해는 지는데, 찾아오는 사람이 없다 어쩌다가 인간에게 포섭되었을까, 고양이처럼 살지 않고

하늘이 보았다

당산나무가 죽었다
천천히 죽었다
먼저 소문이 돌았다
는개비 내리는 캄캄한 밤에
누가 당산나무 뿌리 가까이
염화칼슘을 뿌렸다
하늘이 보았다
오래된 당산나무가 죽었으니
마을에서 당산제가 열리지 않았다
징 소리가 들리지 않았다
북 소리가 들리지 않았다
장구 소리가 들리지 않았다
꽹과리 소리가 들리지 않았다
피리 소리가 들리지 않았다
나팔 소리가 들리지 않았다
노랫가락이 들리지 않았다
마을을 떠날 사람은 떠나고
남을 사람은 남았다
이제 죽은 당산나무 나뭇가지 위에 달이 머물지

않았다

그냥 지나쳤다

마을 언덕 위에 이교도들의 큰 집이 세워졌다

이 땅의 샤머니즘

불교도 어쩌지 못한,
유교도 어쩌지 못한,
천주교도 어쩌지 못한,
기독교도 어쩌지 못한,
이 땅의 샤머니즘

북쪽 지방에서 온 사람들이 하는 말을 들어보면
그곳에서도 사람들이 샤머니즘을 믿고
따른다고 한다

공산주의도 어쩌지 못한,
사회주의도 어쩌지 못한,
자본주의도 어쩌지 못한,
이 땅의 샤머니즘

샤머니즘은 뼈와 뼈 사이의 연골이다

사람들이 하는 말을 듣고 알았다

이 땅의 샤머니즘은 힘이 세다

절대 지지 않는다

홍운탁월

화가는 창으로 달빛이 스며들면서
벼루에 먹을 갈았다

틀림없이 달을 그린다고 하지 않았던가
그런데, 달을 그리지 않고 어둠을 그렸다
그러고서, 달을 그렸다고 한다

붓에 엷은 먹을 묻혀
달 주위를 약간 어둡게 그렸을 뿐이다
달은 달이 아닌 것으로 그려졌다
달에는 붓이 닿지 않았다

자세히 보니, 그렇다

달은 누가 그릴 수 있는 것이 아니다

  하늘의 달이 그려진 그림의 어둠 사이를 헤집고
와서 저절로 떴다

산에 들에 꽃이 피고

감나무 나뭇가지에 새가 와서 울었다
어린 시절 한동네에서 살던 영철이 엄마는
영철이 아버지가 술에 취해서 때리면,
숨을 헐떡거리면서 우리 집으로 도망쳐 왔다
그럴 때마다,
영철이 아버지는
우리 집까지 쫓아오지는 않았다
그렇더라도,
어떨 때는 영철이 엄마가
우리 집 안방의 농으로 들어가 숨기도 했다
지는 해를 바라보며,
나는 가끔 생각해보았다
영철이 엄마가 농 속에서 혼자 보았을
그 고요와 어둠을

소가죽 구두

좋은 구두를 가지고 있다 구두 회사는 어린 소의 부
드러운 가죽으로 만들었다고 광고했다 하지만, 아침
마다 구두를 신을 때, 나는 불편하다 늘어난 구두의
가죽이 밤사이 다시 줄어든 것이 분명하다 어린 소
는 신발장에 엎드려서 아직 그렇게 살아 있다 구두
를 신을 때마다, 나는 어린 소의 짧은 울음소리를 듣
는다

땅이 책이다

책을 읽지 못하면서 사는 것이 안타깝다는 농부에게
내가 말했다

별말씀을요
괜찮아요
땅이 책이잖아요

겨울 저수지

외딴 산골 겨울 저수지 얼음 위에
돌을 던진 사람은 외로운 사람이다
누구에게 말을 건네고 싶은 사람이다
돌은 말이 되기 위해
찬바람을 맞으며
얼음이 녹는 봄까지 견뎌야 한다
돌이 말이 되어 가닿는 곳은
저수지의 마음자리일 것이다
아무도 그 깊이를 알 수 없다

달

닐 암스트롱이 아폴로 11호 우주선을 타고
달에 갔을 때
계수나무와 토끼를 보지 못했다

섭섭하게 생각할 일이 아니다

그럴 리가 없다

계수나무와 토끼가 달에 없었던 것이 아니라
찾지 못한 것이다

찾지 못했으니, 보지 못한 것이다

하늘의 달을 보아라

닐 암스트롱이 달에 다녀온 뒤로도
달에서는 계수나무가 자라고
토끼가 계수나무 밑에서 절구를 찧고 있다

마포는 출발이다

사람들이 마포 다리에 와서
스스로 강물에 떨어져 죽는다

3년 전에도 그랬고,
2년 전에도 그랬고,
1년 전에도 그랬다
통계는 무섭다
올해도 그럴 것이다

사람들이 이처럼 마포를 삶의 종점으로 생각하는
것은
　잘못이다

옛날 옛적에
서울에서 전차가 다니던 시절,
전차는 마포에 와서 쉬었다

그래서 마포 종점이라는 말이 생겼고,
마포 종점이라는 노래를 불렀다

하지만, 어찌 마포가 종점인가
이는 틀린 말이다

전차는 마포에서 반드시 다시 출발했다

마포는 종점이 아니다
마포는 출발이다

힘내라, 번역가

"출발지 언어와 도착지 언어 사이에서 번역할 수
없다"

이렇게 번역 불가능성을 말하는 사람들이 있다

그렇지만, 번역하는 것이 번역하지 않는 것보다
훨씬 더 낫다

쓰는 사람과 읽는 사람 사이에서 보이지 않는 이여
그러다가 아주 가끔 어쩌다가 보이는 이여
그렇게 쓰는 사람과 읽는 사람을 모두 아우르는
이여

당신은 어쩌면 사라짐으로써
드디어 존재를 드러내는 것
그것은 마음마저 뜨겁게 하는 성냥개비다

그래서, 당신은 끝내 소중한 사람이 된다

2부

가끔, 그럴 때가 있다

신호등이 파란불로 바뀌었는데도
길을 건너지 않고 있다
횡단보도를 앞에 두고 한참을 그대로 서 있다
지금, 레코드 가게 스피커에서 들리는 가수의 노
래가 아직 끝나지 않았다

범해 스님 법문

집을 나왔다가
집으로 돌아가는 것이 가출이고,
집을 나왔다가
집으로 돌아가지 않는 것이 출가다

열 번의 겨울과 열한 번의 봄

상처가 된 아픔은 흉터로 남아 이제 한없이 흐릿해
져서 돌이킬 수 없는 마음이 되었지만, 오히려 그럴
수록 어김없이 그 자리에 새살이 먼저 돋는 일이 거
듭된다 어느덧 그 시절도 다 지나 받아들여지는 것
이 내키지 않다 톺아보면, 모든 것이 찰나다 이처럼
사람의 기억 장치는 바보다 그래서, 다시 산다 십 년
을 이불을 덮지 않고 살았다 눈이 내린다 어쩔 것인
가 생각하는 사이, 불현듯 지난봄과 전혀 다를 낯선
봄이 미치도록 꽃 그림자로 펼쳐진다

환기미술관

아침마다 부암동 계곡에 안좌 앞바다의 푸른빛 물이
드는 것은 우연이 아니다 지난밤의 마음자리에 그만
큼 그리움이 짙은 까닭이다 달이 차오르는 밤이면,
달항아리를 껴안고 가서 그 물을 가득 담았다 모든
것을 가진 듯했다 어느덧 꽃이 피었다 밀물과 썰물
이 몸을 바꿀 때마다, 벌써 계곡에서 마당으로 이 세
상의 빛깔을 다 받아들인 물빛이 넘실댔다

소설가 최인훈 선생님 묘소를 내려 오면서

어느 해 선생님 댁의 거실에서,
선생님께서 나에게 하신 말씀이 생각난다

생각해봐라 우리가 영국을 신사의 나라라고 말했을 때, 영국의 식민지였던 인도의 사람들은 어떤 생각을 했겠니 우리가 프랑스를 예술의 나라라고 말했을 때, 프랑스의 식민지였던 알제리의 사람들은 어떤 생각을 했겠니

몸이 불편한 당신은

기우뚱거리며
나에게로 걸어오고 있습니다

늘 그렇습니다

그동안 바르게 걷기 위해,
그래서, 바르게 걷는 모습을 보여주기 위해,
얼마나 애썼을까요

얼마나 아팠을까요

나는 당신에게
가만히 다가가서 말해주고 싶었습니다

하지만, 걱정하지 말아요
바르다는 것은
몸이 아니라, 마음입니다

다람쥐길

고려대학교 교정에 다람쥐길이 있다. 가끔, 다람쥐가 나타난다고 해서 붙여진 길 이름이다. 몇 해 전까지만 해도 이 길에서 정말 다람쥐를 어렵지 않게 볼 수 있었다. 그러다가 언젠가부터 고양이가 이 길을 차지했다. 그래도 길 이름은 그대로 다람쥐길이다. 어떻든 학생들이 고양이를 불쌍하게 여겼다. 학생들이 고양이를 돕겠다고 동아리를 만들어서 눈이 오나, 비가 오나 서로를 격려하며 고양이를 정성껏 돌보았다. 집을 짓고, 먹이를 주고, 병원에도 데리고 갔다. 방학 때도 그랬다. 고양이는 꽃무늬 그릇에 담긴 먹이를 먹거나, 산책을 즐겼다. 편히 잠을 잤다. 그럴 때마다 고양이를 사랑하는 학생들이 기념으로 고양이 사진을 찍었다. 더 많은 사람이 고양이를 볼 수 있도록 고양이 사진을 인터넷 페이스북으로 옮겼다. 이 일이 좋은 일이라서 대학교에서 일하는 사람들도 함께 나서 거들었다. 그러던 어느 날, 누가 길 한편에 다람쥐의 모습을 띤 검은빛 조각상을 만들어 놓았다. 언뜻 보면 고양이처럼 보이지만, 자세히 보면 분명 다람쥐다. 이제부터 신화다. 보고 싶은데,

보이지 않는 것을 형상으로 드러내는 일은 사람들의 오래된 관습이다. 그런 것이 더러 신앙이 된다. 다람쥐도 쥐다. 이 길에서 깊은 밤에 고양이가 다람쥐를 다 잡아먹었다는 것을 아는 사람은 그리 많지 않다. 그것을 말하는 사람은 없다. 지금 다람쥐는 듣지 못하고, 고양이는 듣는다. 아무도 다람쥐를 위해 말하지 않았다.

옹기 수화문

어느 해, 어느 달, 어느 날, 어느 시간에
마음이 이렇게 불현듯 일어났다가 사라졌으리라.

옹기를 만든 것은 기술이고, 옹기에 무늬를 새긴
것은 예술이다. 언뜻 보면 풀잎이나 나뭇가지로 보
이지만, 반드시 풀잎이나 나뭇가지도 아니다. 늘 마
음이 형상일 수 없다. 마음을 마음 밖의 것에 빗대어
곧이곧대로 다 드러낼 수 없다. 그러니, 무엇을 찾을
일도 아니다. 굳이 짐작할 수 있다면 바람이고, 꽃잎
이고, 날개다. 물결이다. 어떨 때는 번개다. 어느 것
이어도 괜찮다. 더러는 그릴 수 없는 것을 그렸다.
그릴 수 없는 마음을 그렸다. 만약, 그리지 않았다면
여백도 생기지 않았다. 그렸으니, 여백이 생겼다. 지
금 생각하는 것이지만, 사실은 이 순간을 위해 옹기
를 만들었다. 예술이 그렇듯이, 당연히 누구의 간섭
도 받지 않았다. 더군다나 누구를 위한 것도 아니다.
딱히 어떤 관습이나 규범을 따르지도 않았다. 몰입
이고, 몰두다. 땀을 흘리며 옹기를 만든 사람이 미친
듯이 스치고 지나가며 남긴 흔적이다. 이것은 절정

이다. 환희다. 다만, 그런 일을 한 뒤의 기쁨이고, 자유다. 여기에서 소중한 것은 노동과 예술이 하나다. 틈이 없다. 한 몸이다. 그런데, 그린 것은 대부분 추상이다. 그린 사람이 이름도 남기지 않았다. 그러니까, 욕심도 없다. 어쩌면 자기 이름도 없었던 사람이 그렸다. 그냥, 그렸다. 혹은, 장난이다. 놀이다. 뜻이 아니라 느낌이다. 마음대로다.

흘러간 노래

지난 시절, 그러니까 오래전 힘든 시절에
사람들이 즐겨 불렀던 노래에
생뚱맞게 바다 건너 먼 나라의 땅 이름과 얘기가
담겼다

그 시절 먼 나라는 가기 힘든 곳이고,
어쩌면 갈 수 없는 곳이다
노래를 만든 작곡가나 작사가는 물론이고
노래를 힘껏 불렀던 가수도 그 먼 나라를 가보지
못했다

그런데, 모두 즐겨 노래를 불렀다

현실이 되지 못할 꿈일수록
사람의 마음을 붙잡는 힘이 세다

가기 힘들고
갈 수 없으니,
노래를 불렀다

좋아했다

가기 힘들고
갈 수 없으니,
오히려 위로가 되었다

이곳이 아프니까
저곳을 노래했다

너무나 인간적인

머뭇거리다
갸웃거리다
망설거리다
서성거리다
주춤거리다

하늘은 푸르다

산길을 따라갔더니 절이 있다
마루에 앉아 흐르는 땀을 닦고 있는데
저만치 건너편 마루에서
중학생 또래로 여겨지는 소녀가
기와 불사를 받고 있다
심심한지 소녀는 마루에 드러눕기도 한다
가끔 절을 찾은 사람들이 와서
소녀에게 돈을 주고
기와에 매직펜으로 소원하는 글을 쓰고 갔다
지금 소녀는 흰 천에 물인지,
어떤 약품인지를 묻혀서
사람들이 조금 전에 기와에 쓴 글을
힘껏 닦아서 지우고 있다

새끼는 죄가 없다

털은 부드럽다 낙엽을 쓸다가 죽은 새끼 쥐를 보았다 호주머니에서 휴지를 꺼내 죽은 새끼 쥐를 손으로 감쌌다 언뜻 물성이라는 말이 생각났다 손가락 끝의 느낌이 포근했다 왜, 죽었을까 누가 죽였을까 문득, 예쁘다는 생각이 들었지만, 믿음으로 새기지는 못했다 잠깐 망설였다 내가 살아온 세상의 관습이 그랬다 그렇더라도, 이 세상의 모든 새끼는 예쁘다 새끼는 죄가 없다

자본주의 사랑

여론조사라도 했던 것일까 어디에서 읽은 기억이
있다 요즘 부부들이 하는 대화의 칠십 퍼센트가
돈 얘기라고 한다 그러니, 돈이 원활하지 않으면
대화가 탈 없이 이루어질 수 없다 행복할 수
없다 흔히 가정을 사랑 공동체라고 말하지만,
늘 그렇지는 않다 옳은 말이 아니다 가정은
경제 공동체다 사랑이 빠져나간 자리에는
굳은 얼굴 표정만 남는다 그런 얼굴을 영어로는
데스마스크라고 한다

신문 중독자

마을에서 신문을 정기구독하여 읽는 사람은 아버지였다. 신문은 발행일로부터 하루가 지나 배달되었다. 신문을 읍내에서 우편집배원 아저씨가 자전거에 싣고 왔다. 이미 신문이 구문이 되어 있었다. 신문에서 방송 프로그램을 안내하고 있었지만, 신문을 받았을 때는 방송이 끝난 뒤였다. 접은 신문에 노란 종이띠가 둘러졌고, 노란 종이띠에는 1원짜리 우표가 붙어 있었다. 그러다가 그 자리에 5원짜리 우표가 붙은 것은 그로부터 여러 해가 지났을 때였다. 신문을 어느 것 하나 빠짐없이 내가 다 읽었다. 마루에 엎드려서 신문을 읽을 때 나는 가장 좋았다. 마을에서 친구들과 놀다가도 우편집배원 아저씨가 자전거를 타고 마을 어귀에 들어서는 것을 보면 벌써 안심이 되었다. 큰 종이가 지구를 한 바퀴 돌고 오면 신문이 된다고 상상했다. 초등학교 6학년 2학기 때부터 고향 집을 떠나 대도시에 나가 살면서도 언제나 신문을 정기구독하여 읽었다. 다행히 이제 신문을 발행하는 제날짜에 읽게 되었다. 자취방이나 하숙집을 옮기는 날이 동네 신문 보급소를 찾아가는 날이었다. 대학 진학으로 서울에 살면서부터는 큰 변화가 생겼다. 신문을 발행일로부터 하루 앞서 읽게 된 것이다. 광화문의 한 신문사 마당 한편에서 여러 신문사의 신문들이 어떤 독자만을 위해 함께 판매된다는 것을 알게 되었다. 해가 지는 오후 6시 40분이 되면, 어김없이 주요 신문이 모두 이곳으로 모였다. 배달원 아저씨들이 쏜살같이 여러 신문사에서 신문을 오토바이에 싣고 도착했다. 신문사에서 방금 윤전기로 인쇄한 신문은 따뜻했다. 발행일로부터 하루 앞선 신문들이었다. 그러면 광화문의 카페나 맥줏집에 미리 나와 신문을 기다리고 있던 관청이나 대기업의 언론 담당 직원들이 몰려와서 보안등 불빛 아래 신문을 펼쳐놓고 서둘러 신문 기사를 살폈다. 그러다가 관련 기사라도 발견하면 어디론가 재빨리 전화로 일러주기도 했다. 그러고서 그들은 어디론가 다 흩어져서 사라졌다. 그들은 이곳을 관리하는 아저씨쯤으로 보이는 사람에게 신문값을 미리 목돈으로 주고 신문을 받아보는 것으로 여겨졌다. 신문값을 그날마다 그 관리인 아저씨에게 주고 신문을 읽는 사람은 나뿐이었다. 나는 대학에서 듣는 강의가 끝나고도 집에 가지 않고, 이 시간이 되기를 종로서적이나 교보문고에서 책을 읽으며 일부러 기다렸다. 마치 먹잇감을 기다리는 짐승이었다. 내일 신문을 하루 앞서 오늘 읽었다. 신문을 돈암동 집으로 들고 가서 밤새도록 읽었다. 나는 우리나라에서 가장 먼저 주요 신문을 다 읽는 사람이 되었다. 사실 이 신문들은 서울 사람들이 읽는 여느 신문이 아니다. 지방 사람들이 읽는, 지방에 있는 내일의 독자를 만나기 위해 밤에 도로와 철도를 이용하여 지방으로 배달되는 신문이다. 뒷날 서울 사람들이 보는 신문을 보면, 지방 사람들이 보는 신문과 달랐다. 신문 기사가 달랐다. 어느 신문 기사는 밤사이 내용이 바뀌었다. 반드시 속보 때문만은 아니다. 어떨 때는 광고도 달랐다. 한국 언론 현실을 생각했다. 대학을 졸업하고는 잡지를 만들면서 원고 청탁하는 일로 신문사 논설위원실을 다녔다. 신문을 만드는 사람들의 얼굴을 보았다. 내가 회사를 운영하면서 신입사원을 뽑는 면접을 할 때는 집에서 신문을 정기구독하여 읽고 있는지를 꼭

물었다. 나는 주위 사람을 신문을 읽는 사람과 읽지
않는 사람으로 늘 구분했다. 차별했다. 나는 신문을
믿었고, 의심했고, 사랑했다. 때로는 미워했다. 신문
이 없는 날은 우울했다. 신문을 읽는 것이 병이라면,
나는 큰 병이 난 사람이다.

마지막 한 사람

사람이 죽었다
스스로 죽었다
왜 스스로 죽었을까?

그의 곁에는
한마디 속삭임마저도 들어줄
마지막 한 사람이 없었다

그래서 죽었다

길에서 우연히 만난
오래된 느티나무가 나에게 물었다

당신은 누구의 마지막 한 사람이 될 수 있는가?

3부

시

불현듯 시료라는 말이 생각나
머리 안의 어디쯤 기억 창고가 있겠지
그곳의 기억 한 조각, 그러니까
시료를 꺼내 평면 유리 위에 올려놓고
촉매 용액을 한 방울 떨어트리는 거야
그럼, 뭉쳐 있던 그 기억 한 조각이 슬슬 풀리겠지
처음에는 소리든지, 이미지든지 뭐 그러겠지
그것을 종이 위에 글로 옮기는 거야
그것조차도 쉽지 않겠지
그것이 정말 가능할까 그런 생각도 해보지
뭐랄까 또 다른 번역이나 해석이라고 해야 할까
물론, 그것을 그대로 옮기는 것은 아니겠지
그러다가 오해할 수도 있겠지
어떻든 또 하나의 세계가 펼쳐지는 것이지
더하거나, 빼거나, 아니면, 감추고 싶은 것일 수도
있겠지
또 남에게 예쁘게 꾸며서 드러내고 싶겠지
하지만, 뭔가 혼자 무덤까지 들고 갈 것이라면 어
떻게 해야 할까

무엇이든지 분노였다가, 기쁨이었다가, 풍경이 되고, 눈물이 되겠지

어떤 것들은 분명하지 않고, 흐릿하고, 겹쳐 보이기도 하겠지

미처 글로 담기기 전에 도망쳐버리는 것일 수도 있겠지

때로는 놓쳐버리는 것이지

그래서 글이 되지 못하고

보이거나, 만져지지도 않고,

미처 느껴지기 전에 모두 사라지거나,

사라진 뒤의 얼룩이라도, 그 얼룩을 사랑해

말과 정치

말이 정치다

정치는 말을 실현하는 것,
말을 잘하는 정치인이 좋다

색으로 기억하다

1980년 5월 어느 날,
광주 계림동에서 서방시장 사이
개인병원 앞길에
고등학생처럼 보이는 학생이
계엄군이 쏜 총에 맞아 쓰러졌다
의사와 시민군들이
군용 지프에 싣고 재빨리 큰 병원으로 갔다
학생이 쓰러졌던 자리에
머리에서 짙은 피와 흰 덩이가 쏟아졌다
내가 쪼그려 앉아서 자세히 보았다
순두부 같은 것
흰 것

사진 안에 내가 있다

나는 지금 1980년 5월 16일 전남매일신문 나경택 사진기자가 광주에서 찍은 사진을 보고 있다. 1980년 5월 16일은 금요일이었다고, 나는 기억한다. 그날은 광주 사직공원에서 호남예술제가 열리는 날이었다. 나는 사직공원으로 가서 백일장 행사에 참여했다. 여러 학교의 학생들이 모였다. 나는 아는 학생들과 어울려서 얘기를 나누고, 음식을 나누어 먹으며 즐겁게 지냈다. 오후에 행사가 끝나고, 걸어서 사직공원을 내려왔다. 그런데, 어찌 된 일인지, 시내버스가 다니지 않았다. 나는 시내 쪽으로 걸었다. 광주천을 건너 충장로 쪽으로 가서, 다시 금남로를 지나

전남도청 앞 광장에 이르렀다. 광장에서 대학생들이 모여 분수대를 가운데 두고 집회를 하고 있었다. 그 주위를 시위 진압복 차림의 경찰들이 둥글게 둘러싼 채 집회를 지켜보고 있었다. 평화로운 집회였다. 나는 경찰들을 비집고 들어가 집회가 진행되는 모습을 보았다. 며칠 전부터 하숙집의 대학생 형들에게서 들었던 모습이다. 어두워지고 있었다. 대학생들은 정부에게 민주화 일정을 요구하는 구호를 외쳤고, 전남대학교 복학생 대표라는 정동년 학생은 국군 장병에게 보내는 성명서인지, 편지인지를 읽었다. 이어서 대학생들과 시민들은 횃불을 들고 금남로를 향해 행진했다. 대학의 교수들도 같이 행진했다. 함성이 밤하늘에 가득했다. 며칠 뒤 그 자리에 있었던 많은 사람이 죽었다. 학살됐다. 오늘, 그날의 함성을 듣는다. 마치 어제저녁의 일이다.

다시 광주에서

박관현
윤상원
전영진

그만큼 아파서 그럴까

오래전의 일이
마치, 어제의 일이다

바람이 불 때마다,
불현듯 깨닫는다
자주 되뇌는 사람들이 이미 죽었다는 것을

refugee

산을 넘고,
사막을 걸었다
악어가 입을 벌린 강을 건너고,
바람이 거센 바다를 건넜다
낯선 땅에 올라 노동자가 되었다
더러 장사하는 사람이 되었다
어쩌다가 가수가 되었다
어떤 사람은 시인이 되었다
그렇듯이 아빠가 되었다
무엇보다 엄마가 되었다

두 가지 방법의 평화

평화를 위해
모든 나라가 핵무기를 가진다

혹은,
평화를 위해
모든 나라가 핵무기를 가지지 않는다

또 다른 방법이 있을까?

어떤 방법이 합리적인가, 이성적인가,
또는 과학인가, 정의인가
아니면, 지혜로운가

당신 생각은 어떤가?

동물의 왕국

초식동물의 눈빛과
육식동물의 눈빛이
다르다

아주 다르다

초식동물의 눈빛은 선하다
육식동물의 눈빛은 매섭다

사람의 눈빛은
선하거나 매섭다

용이 사는 연못을 용연이라고 한다

물안개가 피어오르는 사이로 어떤 것이 도드라졌다 설핏한 불빛 아래 흔들리는 물속에서 비늘이 또렷했다 왕실에서 왔을까 언뜻 보이는 발가락은 네 개가 아니라 다섯 개였다 눈을 지그시 감고 있거나, 서로 얘기를 나눴다 동네 목욕탕에 용이 살고 있다 모두 세 마리였다 무릇 물안개가 걷히면서 용솟음이 일었다 물 밖으로 나왔다 곱새걸음으로 걸어서 나왔다 자세히 보았다 동네 젊은이들이었다 온몸에 용무늬 문신이 가득했다

일기, 2016년 4월 13일

오늘 경상북도 경주에서

2009년 1월 20일 서울 용산참사가 일어났을 때

현장의 경찰 지휘자였던 서울지방경찰청 청장 김
석기가

국회의원으로 당선되었다

식민지 경영법

내가 알고 있는 불어불문학과 교수와
독어독문학과 교수가 있다

불어불문학과 교수는
프랑스 정부로부터 훈장을 받았지만,
독어독문학과 교수는
독일 정부로부터 훈장을 받지 못했다

프랑스는 독일보다 식민지를 경영해본 경험이 더
욱더 풍부해서 그렇다고, 나는 생각한다

두물머리

빠르게 아래로 흐르던 물이 머뭇거렸다

그러다가, 북쪽에서 온 물과
남쪽에서 온 물이 만나
몸을 섞었다

깊은 밤 어둠 속에서도 그랬다

어떨 때는 몸을 섞는 소리가 달빛 아래 가득했다

이제, 어렴풋이 키를 맞추고
마음마저 붙잡았다

가까스로 함께 어깨를 견고,
하나가 된 물은
다시 바다 쪽으로 흘렀다

조선대학교부속중학교

생물 수업 시간에 선생님께서
학생들에게 물으셨다

"누가 해골을 들고 올래?"

"네, 선생님. 제가 들고 오겠습니다."

내가 열쇠를 들고 생물 자료실로 가서 해골을
손으로 들고 왔다

해골은 조선대학교병원에서 준 것이다

자세히 보았다

머리는 병원에서 톱으로 잘라서 안이 휑했다
눈은 뚫려서 깊었다
귀는 듣고,
입은 웃었다
치아는 아직 몇 개 남았다

나이도 모르고,
당연히 이름도 몰랐다

부여를 사랑했다

혼자 걸었다

어디로 이어질지 모르는 길을 걸었다
그렇더라도 모든 길은 이어져서
어김없이 서로 만난다는 것을 알았다

싸움에서 이긴 자가 쓴 역사가 아니라
싸움에서 진 자가 미처 쓰지 못한 역사를
마음에 두었다

백제는 신라에 지지 않았다

백제를 무너뜨린 것은 신라가 아니라
신라가 이 땅에 끌어들인 당나라였다
백제는 신라에 진 것이 아니라
당나라에 졌다

그것을 통일이라고 배웠다

정림사지 오층석탑에 새겨진
침략자 당나라 장수의 낙서를 들여다보았다

구두레 나루를 서성거렸다

밀물을 기다리며,
해가 지는 백마강 둑에
오래 누워 있었다

어느새 하늘도, 강도 어두워졌다
캄캄했다

어느 날은 달이 와서 앞으로 어떻게 살 것인가를
가만히 물었다
나는 대답하지 않았다

젊었을 때, 부여에 자주 갔다

부여를 사랑했다

종교학자 정진홍 선생님 말씀

마지막 남은 마로니에 큰 나뭇잎이 떨어지던 날,
서울 수유리 아카데미하우스에서 내가 들었다

교수님 한 분께서 정진홍 선생님께 물었다

"선생님, 신이 있습니까?"

정진홍 선생님께서 말씀하셨다

"신이 있다고 생각하는 사람에게는 신이 있고,
신이 없다고 생각하는 사람에게는 신이 없습니다"

4부

나무

나무는 사람이다

시인

시를 그렇게 쓰면 되겠냐

공양미 삼백 석에 팔려 간 심청이가 인당수에 빠질 때

바닷물이 차가운지 미지근한지 먼저 한 발만 슬쩍 담가봤겠냐

치마를 뒤집어쓰고 온몸을 던져 바다에 풍덩 빠졌지

그러니까, 심 봉사 눈이 번쩍 떠졌지

그렇지 않으면, 심 봉사 눈이 그렇게 떠졌겠냐

명품 옷을 입는 이유는

두 가지다

하나는 자기 자신을 드러내기 위한 것이고,
또 하나는 자기 자신을 감추기 위한 것이다

이장우

봄부터 가을까지
학교 안에 꽃향기가 가득했다
내가 교실에서 한참 공부하고 있는데,
열린 창으로
흰 모자가 보였다가, 보이지 않았다
다시 흰 모자가 보였다가, 보이지 않았다
그렇게 창밖으로 흰 모자가 지나간다
지금, 흰 모자를 쓴 어르신께서
허리를 굽혔다가, 폈다가를 하면서
창밖으로 떨어진 쓰레기를 줍고 다닌다
동강학원 이사장님이다

홍어 문화권

흑산도를 떠난 홍어 배가 뭍으로 오고 있다는 소식
을 영산포 선창에 일러준 것은 하늘의 달이다 그럴
때마다, 담양, 장성, 광주, 화순, 나주, 영암, 함평,
무안, 목포에서 흘러든 물이 마중물이 되어 서둘러
홍어 배를 데리러 갔다 마침 밀물을 올라탄 홍어 배
가 몽탄 앞바다에 이르렀을 때, 바람이 돛을 밀고,
강물이 뱃머리를 이끌고 영산강 물길을 거슬러 올랐
다 회진 나루를 지나면서, 홍어 배를 맞이할 영산포
선창은 앞서 부산하다 선창의 등대 불빛도 멀리 구
진포 나루까지 앞장섰다 장날 사 온 홍어를 크게 잘
라 반은 요소 비료 종이 포대에 잘 싸서 풀 두엄 속
에 넣어 삭히고, 반은 옹기 항아리 바닥에 볏짚을 또
아리 모양으로 둥글게 깔고 넣어 삭혔다 홍어앳국에
넣을 보리 순은 지금 들판의 겨울 눈 속에서 추위를
견디며 잘 자라고 있다 하늘의 달이 환하다

집안의 내력

어렸을 때부터 궁금했다 500년에 이른 우리 집안 파
평윤씨 선산의 많은 무덤 가운데 낯선 무덤이 있다
이름 모를 무덤 속의 주인공은 누구일까 아는 사람
이 없다 집안의 부지런한 노비였을까 아니면, 어느
할아버지의 예쁜 연인이었을까 내가 그런 딴생각을
하고 있을 무렵, 해마다 사촌들은 땀을 흘리면서 그
무덤을 벌초했다

치약 튜브의 구멍이 작아지지 않은 이유에 대하여

원시공동체 사회 이후로 처음이다

서로가 서로에게 소비를 부추긴다 그래야 너도 살고 나도 살 수 있다고 말한다 지금은 소비 자본주의 사회, 여기저기에서 자꾸 소비가 미덕이라고 외친다

어렸을 때 집 부근의 학교 운동장에서 국회의원 선거에 입후보한 후보자들의 합동연설회가 열렸다 그 가운데 한 후보자가 큰 목소리로 청중을 향해 외쳤다

"저를 국회의원으로 만들어주시면 대기업의 잘못된 버릇을 확 고쳐놓겠습니다 제가 국회로 가서 큰 회사들이 치약 튜브의 구멍을 지금보다 훨씬 더 작게 만들도록 하겠습니다"

그 뒤로 오랜 세월이 흘렀지만, 치약 튜브의 구멍은 작아지지 않았다. 그때 연설회에서 큰 목소리로 외쳤던 후보자가 국회의원이 되지 못했기 때문이다

앞으로 명령하는 뇌와 실천하는 손가락의 감각에
대해 더 알아볼 참이다 칫솔질을 할 때 손가락으로
치약 튜브를 누른다 그럴 때마다 언제나 치약은 원하
는 만큼보다 훨씬 더 많이 나온다 원하는 만큼의 생
각과 치약 튜브를 누르는 손가락의 힘이 같지 않다

시계

이 거리의 위쪽에서 아래쪽으로 한 사내가 큰 개를 끌고 갑니다 새벽 4시 30분입니다 이럴 때는 바라보는 내가 잠깐 반듯해집니다 비가 내립니다 여름입니다 다시, 이 거리의 아래쪽에서 위쪽으로 사내가 개를 끌고 갑니다 새벽 4시 50분입니다 나뭇잎이 떨어집니다 가을입니다 사내와 개는 이처럼 늘 같은 무렵에 오고 갑니다 그렇게 지나갈 때, 나는 얼른 사내와 개의 걸음걸이를 포개보며 거리와 시간을 가늠해보기도 합니다 어느덧 눈이 내렸습니다 겨울입니다 하루는 내가 사내와 개를 따라 걸으면서 사내에게 물어보았습니다 사내는 개의 주인에게서 돈을 받으며 개를 운동시키고 있다고 말했습니다 바람이 불었습니다 봄입니다 가끔, 어떤 날은 개가 사내를 끌고 갑니다 오늘, 이 거리에서

오르지 못할 나무는 쳐다보지도 마라

이 말은 나무가 한 말이 아니다
나무 주인이 한 말이다
나무를 위해 한 말이 아니다
나무 주인을 위해 한 말이다
주인이 노예에게 한 말이다
아예 나무에 올라갈 생각을 하지 말라는 말이다
노예는 서둘러 달리 말해야 한다
오르지 못할 나무는 없다

구진포 장어구이

장어는 도마 위에 못 박혔다

구진포 장어구이집 마루에 앉아서
장어가 장어구이가 되는 것을 다 보았다

구진포 장어구이집은 영산강이 바다로 흘러나가는
고향 마을 서쪽 끝에 있다

구진포 장어구이가 생각날 때마다
어려서 잘못한 것이 자꾸 떠오른다

어머니가 장어구이를 사 오라고 심부름을 보내서
구진포 장어구이집에 갔다가
돌아오는 길 미루나무 그늘에서
나무 도시락 안의 장어구이 한 토막을 꺼내 먹고
말았다

참지 못하고 장어구이를 꺼내 먹은 것은
먹고 싶은 마음 때문이 아니다

먹고 싶은 마음이 되도록 한 장어구이 때문이다

누가 보지는 않았을까
나무 도시락을 살며시 흔들어서
장어구이 한 토막이 없어진 자리를 감췄다

그런 일을 어머니가 알았을까
몰랐을까
알면서도 모른 척한 것은 아닐까

영산강은 장어의 몸짓이다

아직 구진포 장어구이를 먹지 못한 사람은
행복한 사람이 아니다

어린 날의 풍경

가족들과 함께 고향을 떠나 서울로 이사 간
인섭이 형이 마을에 왔다

서울에서 어떤 일이 있었는지 모른다
인섭이 형이 죽겠다고 농약을 마셨다
마을회관 뜰에 쓰러졌다

인섭이 형 주위로 모여든
마을 사람들이 안절부절못했다

누가 떠왔는지 모른다
마을 사람들이 인섭이 형을 일으켜 세워
바가지에 든 음식 구정물을 억지로 먹였다

음식 구정물을 마시고 토하도록 해야 한단다

정말로 인섭이 형은 음식 구정물을 마시고
토했다

그렇게 줄곧 쓰러져 있던
인섭이 형의 몸에서 소리가 났다
방귀 소리였다

방귀 소리를 들은 마을 사람들이 뛸 듯이 다 좋아
했다

이제, 살았다고

호원이네 집

40년이 더 지났는데 또렷하게 기억난다

담양읍 담주리 45번지
전화번호 88번
읍장님 댁

광주에서 버스를 타고 가서
대문을 열고 들어서면
강아지가 나를 먼저 반겨주었다

마루에 올라
친구 부모님을 안방에 모시고
큰절로 인사를 드리면,
가정부의 손까지 빌려
큰손님에게나 내놓을 듯한
밥상을 차려주셨다

마당이 꽃들로 환했다

어떨 때는 친구가 없어도
혼자 자고 오던
내 어린 날의 정든 집

도보승

충청도 여행을 갔을 때
절 마루에서 단정한 옷차림의 한 스님을 만났다
뜻밖에도 오백삼십육 일째 길을 걷고 있다고 했다

나는 스님에게, 왜 길을 걷고 있느냐고는 물어보
지 않았다
언제까지 길을 걷느냐고 물어보았다
스님은 모르겠다고 대답했다
스님이 된 지 스물두 해가 되었다고 한다

긴 얘기를 나누었다
마루 아래 머물렀던 햇볕이 마당 한가운데로 가
있다

나와 스님은 헤어지면서
언제가 될지 모르지만, 다시 만나자고 했다

비가 내린다
바람이 분다

눈이 내린다
지금, 한 스님이 길을 걷고 있다

궂은 날이면, 길을 걷고 있는 스님이 더 잘 보인다

보타사 금동보살좌상

서울 개운산 자락 보타사에 가면
내가 좋아하는
금동보살좌상이 있다

금동보살의 귀 뒤에 큰 관대가 있다
그런데, 참 놀라운 것은
아침에 열고,
밤에 닫는
그냥 관대가 아니다
이것은 귀의 덮개다

어느 날은 열고 있고,
어느 날은 닫고 있다

여느 때나 여닫을 수 있는
귀의 문이라고 해도 괜찮겠다

들을 소리가 있고,
듣지 않을 소리가 있다는 것일까

들을 말이 있고,
듣지 않을 말이 있다는 것일까

들을 마음이 있고,
듣지 않을 마음이 있다는 것일까

나의 말을 믿지 못하겠다면
찾아가서 보시라

금동보살이
귀를 열 때가 있고,
귀를 닫을 때가 있다

보타사 마애보살좌상

마애보살의 얼굴 표정이 아침에 다르고,
낮에 다르고,
밤에 다르다

비가 내릴 때 다르고,
눈이 내릴 때 다르다

바람이 불 때 다르다

구름이 지나갈 때 다르고,
달이 지나갈 때 다르다

어떤 마음일까

합장하고 절을 하면서,
어느 사람은
포근하다고 말한다

어느 사람은

무섭다고 말한다

보는 사람 마음대로다

다시, 합장하고 절을 한다

한결같은 천년의 마음이다

보타사 여름 자목련

드러내는 꽃이고 감추는 꽃이다

보타사 자목련은 봄에 피고
여름에 한 번 더 핀다

한 그루 나무에서 그렇다
정말 그렇다

가장 더운 날 핀다

봄에 피는 자목련은 마른 가지에
잎보다 먼저 피어서
모든 사람이 볼 수 있지만,
여름에 피는 자목련은
잎과 같이 섞여 피어서
아무나 볼 수 없다

여름 자목련이 환하게 피어 있더라도 그렇다

지금까지 여름 자목련을 본 사람이
몇 사람이나 될까

더군다나 여름 자목련은 사람의 눈높이보다
훨씬 더 높은 곳에서 핀다
그래서, 일부러 찾아서 보는 사람만 볼 수 있다

어쩌면, 나 혼자 보는 꽃이다

어느 날 불현듯 숲 쪽을 바라보다가
아, 저것 봐라, 꽃이다!
놀라서 소리치는 찰나

또는,

혼자 보기가 아까워서
아랫동네로 달려가 친구를 불러오는 사이

여름 자목련은 벌써 다 흩어지고 없다

카페 평화만들기

그런 날이 많았다 서울 인사동 카페 평화만들기
에서
탁자를 가운데 두고 마주 앉았다
최승호 시인이 강원도 탄광촌 초등학교에서
아이들을 가르치던 시절 만난
탄광촌 아이가 썼다는 시 얘기를 한다
시인 김철주와 소설가 양헌석과 시인 기형도와
나는
맥주를 마시며, 그 얘기를 듣고 있다
마치 지금까지 간직하고 있는 오래된 사진 한 장
같은 것,
사진은 대체로 약간 어둡다

일기, 2020년 4월 15일

오늘 경상북도 경주에서

2009년 1월 20일 서울 용산참사가 일어났을 때

　현장의 경찰 지휘자였던 서울지방경찰청 청장 김
석기가

국회의원으로 당선되었다

황현산 선생님 생각

바람이 불면, 비금도에 갈 생각입니다. 그곳에 선생님께서 계실 것만 같습니다. 선생님께서 잇따라 비금도에 부는 바람의 이름을 노랫말처럼 외워서 읊으셨습니다. 모두 스물세 가지라고 하셨습니다. 그렇게 기억합니다. 지금 그 바람의 이름을 다 알지 못합니다. 바람의 이름을 적어두지 않은 것을 후회합니다. 우리 곁에서, 선생님께서 오래도록 비금도의 바람의 이름을 읊어주실 줄로만 여겼습니다. 나는 바랍니다. 이제 선생님께서 읊어주신 스물세 가지 비금도의 바람의 이름을 모으는 것입니다. 비금도에 가서 먼저 이장님을 만나고, 당산나무 아래에서 어르신을 만나고, 마을에서 아이들을 만나서 여쭤볼 겁니다. 바람이 부는 바닷가와 언덕과 뒷골목을 걷고, 숲속에도 들어가볼 겁니다. 선생님의 비금도 소금이랑, 비금도 시금치 섬초 자랑을 들어보셨지요. 비금도 소금을 만드는 염전의 바람에게, 비금도 시금치 섬초를 키우는 바람에게도 이름을 물어볼 겁니다. 모르겠습니다. 어쩌다가 우연히, 그곳에서 환하게 웃고 계시는 선생님을 정말 다시 뵐 수

있을지요. 바람이 불면, 목포항 부두에서 비금도로
가는 배를 기다리고 있는 나를 가끔 봅니다.

시인에게

뭐하러 자꾸 시집을 내냐?

너 때문에
괜히, 보르네오섬에서
나무 한 그루가 죽는다

익숙한 것들이여, 안녕

아침과
저녁
해와
달
나무
물
불
바람
그리움과
외로움
그림자와
그림자에 스며드는 눈물
하늘과
땅
그리고 당신과
나

마지막 말

신은 없다
그러니, 책을 의지하면서 살아라

벌초된 언어와 체념의 시학

류신(문학평론가 · 중앙대학교 교수)

1. 머무르는 자의 눈이 구원한다

시집에 실린 작품들을 하나하나 읽어가다 보면 예기치 못한 곳에서 한참을 '머뭇거리게' 될 때가 있다. 발걸음을 멈추게 한 문제작의 이곳저곳을 톺으며 고개를 '갸웃거리는' 때가 있게 마련인 것이다. 그렇게 오랫동안 '망설이는' 순간, 시인이 구축한 내밀한 세계 속으로 들어갈 수 있는 통로 하나를 발견했다는 직감이 엄습하곤 한다. 하지만 늘 그렇듯이, 시집은 손님의 입장을 쉽게 허락하지 않는다. 결국 손님은 한곳에 서 있지 않고 자꾸 그 주변의 작품들을 왔다 갔다 '서성거린다'. 미상불, 시집으로 직진할 수 있는 지름길은 없다. 독법의 길은 '주춤거릴' 수밖에 없다. 하지만 한 권의 시집을 온

전히 파악할 수 있다는 오만한 비평적 자의식을 내려놓
는 순간, 더불어 한 편의 시를 낱낱이 해부할 수 있다
는 분석적 이성의 칼을 내려놓는 순간, 비로소 시집은
손님의 방문을 따뜻하게 맞아준다. 시로 집을 지은 자
와 그 집을 방문하려는 자 사이의 '너무나 인간적인' 소
통이 시작되는 순간이라 하겠다. 이렇게 둘 사이의 진
정한 대화가 무르익는 순간, '시적인 너무나 시적인' 순
간을 경험할 수 있으리라. 윤희상 시집 『머물고 싶다 아
니, 사라지고 싶다』에 실린 「너무나 인간적인」은 이 시
집을 노크하는 손님에게 이렇게 말한다.

머뭇거리다
갸웃거리다
망설거리다
서성거리다
주춤거리다
— 「너무나 인간적인」 전문

　이 작품은 시를 해독하려고 안달이 난 내게 이렇게
충고하는 것처럼 보인다. 가장 나쁜 독자는 약탈하는
군인처럼 행동하는 자들이다. 그러니 여유를 갖고 시의
곁에서 머뭇거려라. 오래 머물수록 시는 더 다채롭고
풍성한 면모를 보여주지 않는가. 예술의 시간적 경험

의 정수는 머뭇거리는 법을 배우는 것일지니, 기다리는 자에게 복이 있을지어다! 나아가 이 작품은 목표를 향해 덤벙거리며 거침없이 돌진하는 이 시대 뭇사람들에게 이렇게 에둘러 당부하듯 읽힌다. 잠시 앞만 보고 질주해온 욕망의 잰걸음을 멈춰라. 뒤를 돌아보고 옆을 살펴보라. 맹신하지 말고 의심하라. 추종하지 말고 한 번 더 고민하고 다시 생각하라. 기다리는 자에게 복이 있나니! 윤희상 시인이 생각하는 '인간적인 너무나 인간적인' 삶의 순간은 가던 걸음을 멈추고 이렇게 주춤거릴 때이다.

　　신호등이 파란불로 바뀌었는데도
　　길을 건너지 않고 있다
　　횡단보도를 앞에 두고 한참을 그대로 서 있다
　　지금, 레코드 가게 스피커에서 들리는 가수의 노래가 아
　직 끝나지 않았다
　　　　　　　　　　　　　　　　－「가끔, 그럴 때가 있다」 전문

　당신은, 윤희상 시인이 부르는 노래를 듣기 위해 잠시 가던 길을 멈추고 주춤거릴 준비가 되었는가?

2. 시인은 시민이다

윤희상의 시집을 읽어나가는 도중 한참을 머뭇거린 뜻밖의 장소는 시인의 본관인 파평윤씨 선산이었다. 추측건대, 시인의 '집안 내력'에서 시집의 내밀한 특징을 규지(窺知)할 수 있다는 기대 심리가 발걸음을 멈추게 만든 것 같다.

어렸을 때부터 궁금했다 500년에 이른 우리 집안 파평 윤씨 선산의 많은 무덤 가운데 낯선 무덤이 있다 이름 모를 무덤 속의 주인공은 누구일까 아는 사람이 없다. 집안의 부지런한 노비였을까 아니면, 어느 할아버지의 예쁜 연인이었을까 내가 그런 딴생각을 하고 있을 무렵, 해마다 사촌들은 땀을 흘리면서 그 무덤을 벌초했다

— 「집안의 내력」 전문

백중(百中) 이후나 한가위 전 가족들이 함께 모여 선산의 묘를 벌초하는 사뭇 평범한 풍경 속에서 윤희상 시의 두 가지 유전적 특징이 발견된다. 그것은 "딴생각"과 "땀"이 각각 대변하는 호기심과 성실함이다. 친지들은 별반 궁금해하지 않는 이름 없는 무덤에 대한 시인의 지속적인 관심은 흥미로운 상상(노비일까 연인일까)으로 꼬리를 물고 이어진다. 시인 특유의 성향이

라 하겠다. 하지만 이 "딴생각"은 조상들의 묘에 잡풀이 무성한 것 자체가 불효라는 전통적인 가치를 묵묵히 실천하는 사촌들의 성실한 삶의 태도 앞에서 수습된다. 예상컨대 시인은 사촌 형님들과 함께 벌초에 참여하며 잠시 "딴생각"의 일탈을 즐겼으리라. 하지만 현실의 범주를 초탈해 나래를 펼치던 상상의 유희는, 성실한 삶의 진정성을 상징하는 "땀"과 독대하면서, 이내 지상으로 복귀한다. 이처럼 윤희상의 시는 상상의 극단으로 치솟지 않는다. 자칫 어설픈 시인들이 빠지기 쉬운 함정인, 초인이나 기인의 과장된 포즈를 취하는 법이 없다. 그렇다고 일상의 질서와 현실의 책무에 마냥 주저앉지도 않는다. 비유하자면 그의 시는 막 벌초를 마친 무덤처럼 정갈하고 깨끗하다. 하지만 그 가지런한 무덤 속에 흥미로운 시적 상상력이 잉태돼 있음을 잊지 말아야 한다.

이번 시집에서는 집요한 '현실주의자'로서의 윤희상과 서정적 '낭만주의자'로서의 윤희상이 서로를 견제하며 동거한다. 「신문 중독자」와 「창밖의 나무」가 대조적으로 보여주듯이, 내일 발행될 신문을 하루 앞서 구입해 집에서 밤새도록 완독하며 현실을 독파하는 윤희상과 자연과 신비로운 일체감(unio mystica)을 느끼며 주체와 대상 사이의 경계를 가뭇없이 허무는 윤희상이 공존한다. 말하자면 세계를 객관적으로 판독하는 '원심적인' 자아와 세계를 자신 속으로 흡입하는 '구심적인' 자아가 분열되지 않고 병존한다. 전자의 비판적 자아가 5·18 광주 민주화 운동 당시 전남도청 앞 분수대 집회를 지켜보던 '시민' 윤희상에게서 형성되었다면(「사진 안에 내가 있다」), 후자의 서정적 자아는 한여름 보타사를 산책하며 무성한 잎들 사이에서 환하게 핀 자목련을 보며 "아, 저것 봐라, 꽃이다!"(「보타사 여름 자목련」)라고 외치는 시인 윤희상에게서 발견된다. 여기서 중요한 것은, 대체 불가능한 개성을 지닌 한 '시인'이기 이전에 공공의 '시민'이라는 민주적 시민의식과 윤리적 자의식이 윤희상 시학의 원적(原籍)이라는 사실이다. 그래서 윤희상의 시심은 누구보다 바르다.

3. 더 적은 것이 더 많은 것이다

들쑥날쑥 자란 잡풀이 말끔하게 베어져서 가지런해진 파평윤씨 선산의 "낯선 묘"(「집안의 내력」)의 모습은 윤희상 시의 언어를 빼닮았다. 이 시집에 실린 어떤 작품을 읽어봐도, 명사를 꾸미는 형용사는 극도로 절제되어 있고, 용언의 뜻에 의미를 덧칠하는 부사도 거의 출현하지 않음을 알 수 있다. 그의 시는 마치 모든 불필요한 잔가지와 잉여의 곁가지가 쳐진 가로수처럼 보인다. 윤희상은 잡풀을 베어낼수록 본상(本像)이 오롯해지며, 곁가지를 쳐낼수록 본질에 접근하고, 덜어낼수록 더 많이 담을 수 있는 미니멀리즘의 미학을 실천한다. 윤희상의 시어는 수사적 허장허세가 없어 간결하고, 사유의 곡예를 부리지 않아 검소하다. 그는 절제할 수 없는 감정의 심연 속으로 함몰하거나, 규정할 수 없는 관념의 단애(斷崖)와 충돌하지 않고 자신의 상상력과 맞닿은 현실의 단면을 정직한 언어로 기술한다. 그러므로 고도의 상징적 표현이나 두툼한 은유적 묘사의 옷을 입지 않아 소박해진 언어는 겸손해지며, 이 정제된 언어의 선용(善用)이 윤희상 시에 견고한 리얼리즘의 힘을 부여한다. 윤희상 시인은, 언어는 생각이 직접 현실화된 것이라고 믿는 것 같다. 부연하자면 "언어는 다른 사람을 위해서도 존재하고, 나 자신을 위해서 존재하는 실질적이고 현실적인 의식이다"는 마르크스의 생각에 동의하는 것으로 읽힌다. "말이 정치다//정치는 말을 실현하는 것"(「말과 정치」)이라는 시구가 시인의 유물론적 언어관을 잘 대변한다. 하지만 이는 윤희상 시인이 심사숙고한 언어관의 일면일 뿐이다.

4. 기다리는 사람은 시인이 된다

이번 시집에 실린 「몸에게 말하다」는 시인의 언어철학을 보여준다는 점에서 주목에 값한다. 자해 시도로 팔목에 그어진 칼자국, 허벅지 문신, 젖꼭지 피어싱에서 시인이 도출한 언어에 대한 생각이 이채롭다.

새벽하늘을 홀로 건너는 달을 보면서 고통으로 다듬었다
그렇게 다듬어진 말이 있다
그렇게 다듬어진 말로 자신의 몸에게 말하는 사람이 있다

자니는 날카로운 칼로 팔목에 선을 그었다
선영은 허벅지에 문신했다
미키는 젖꼭지에 피어싱했다

피 흘렸다

아파도, 아프지 않았다

누가 읽거나 말거나,
이 세상에서 오직 한 사람만 알고 있는 말이 있다

말의 뿌리를 알 수 없다

어쩌다가, 혹시 누가 읽었다고 했을 때,
　그 말은 이미 좀처럼 열리지 않는 방으로 들어간 뒤
였다

—「몸에게 말하다」 전문

　윤희상 시인은 타자를 위해 존재하는 실질적이고 현
실적인 의식으로서의 언어, 즉 사회적 공론장에서 소통
되는 언어의 중요성 못지않게 "이 세상에서 오직 한 사
람만 알고 있는 말"의 절대적 가치를 누구보다도 잘 알
고 있다. 후자의 말은 생의 환희와 행복의 기쁨에서 발
화되기 어렵다. 대개 '오직 한 사람만이 알고 있는 말'
은, 실존적 고독에서 촉발되어, 삶의 비애로 빚어지며,
참을 수 없는 고통으로 담금질 된다. 자신의 존재의 이
유를 따져 물으며 최후 결단을 내릴 때 내지른 내면의
절규 같은 것이 '오직 한 사람만이 알고 있는 말'이다.
그러니, 이 말은 몸을 통해 밖으로 발화되지 않는다. 오
히려 신체에 아로새겨진다. 이때, 몸은 말의 매체가 아
니다. 몸은 언어의 메가폰이 아니다. 몸은 언어의 기관
이 아니다. 몸은 말의 출구가 아니다. 몸은 말의 마지
막 귀착점이다. 그렇다. 몸 자체가 말이다. 몸은 육화

된 언어인 것이다. 그래서 이 말은 피를 흘린다. 모름지기 시인이라면 이 '위험한' 말을 읽어내야 한다. 고독한 실존이 세계를 향해 타전하는 암호와 같은 구원의 몸짓에 주목해야 한다. '몸을 통해 말하는 자'가 아니라 '몸에게 말하는 자'의 비명을 감청해야 한다. 이것이 시인에게 부여된 특명이다. 하지만 시인의 고백처럼, "자니", "선영", "미키"가 몸에게 말한 뜻을 간파하기는 쉽지 않다("말의 뿌리를 알 수 없다"). 가까이 다가가면, 이 말은 밀실로 들어가 잠복하기 때문이다("그 말은 이미 좀처럼 열리지 않는 방으로 들어간 뒤였다"). 고통으로 다듬어진 말은 좀처럼 일상의 언어로 번역되지 않는다. 이들의 언어는 창문 없는 단자(Monad)이기 때문이다. 그러나 절망하지 말자. 이 말을 해독할 일말의 희망은 있다. 그 단초를 「겨울 저수지」에서 찾을 수 있다.

외딴 산골 겨울 저수지 얼음 위에
돌을 던진 사람은 외로운 사람이다
누구에게 말을 건네고 싶은 사람이다
돌은 말이 되기 위해
찬바람을 맞으며
얼음이 녹는 봄까지 견뎌야 한다
돌이 말이 되어 가닿는 곳은
저수지의 마음자리일 것이다

아무도 그 깊이를 알 수 없다

—「겨울 저수지」 전문

　한겨울 결빙된 저수지 위에 내던져진 차가운 돌은 창
문 없는 독방에 밀폐된 언어로 읽힌다. 겨울 한파가 물
러가고 따뜻한 봄이 다가오면 꽁꽁 얼어붙었던 호수의
표면이 차츰 녹기 시작할 터이다. 이것은 부정할 수 없
는 자연의 순리이다. 여기서 시인은 결빙되었던 수면이
녹아서 종국에는 돌이 저수지 밑바닥으로 하강하는 순
간에 주목한다. 이 순간이 결정적인 이유는, "저수지의
마음자리"에 돌이 가닿는 순간, 그동안 해독을 불허했
던 고통의 언어가 처음으로 창문을 열기 때문이다. 여
기서 필요한 것은, 기다림과 인내의 시간이다. 세상에
내동댕이쳐진 고통의 언어에게도 기다림의 시간이 필
요하고, 이 고통의 언어를 위무하는 시인에게도 인내
의 시간이 필요하다. 시심이 웅숭깊어야 경화(硬化)된
고통의 언어를 품어 안을 수 있다. 이렇게 보면, 깊이
를 가늠할 수 없는 "저수지의 마음자리"는 윤희상 시인
이 희원하는 시혼의 좌표, 즉 그의 시에 내재한 '장소의
정령(genius loci)'이다. 이번 시집에 실린 작품 중 수작
으로 꼽히는 「겨울 저수지」의 전언을 풀어 설명하면 다
음과 같다. 아픔이 남긴 흉터에서 새살이 돋듯, 생의 고
통 속에서 시의 언어가 움튼다. 돌이 말이 되기 위해서

는 기다림의 시간이 필요하다. 그렇다. 언어를 자신의
지배에 두겠다는 오만함을 버려야 한다. 언어를 도구화
하는 우를 범해서는 안 된다. 언어가 자신의 현존을 스
스로 증명하도록 기다려야 한다. 고통은 자신의 현존과
더불어 오늘도 언어에게로 가고 있다. 돌이 언어가 될
때까지, 시인은 호수 밑바닥에서 기다리고 또 기다려야
한다. 그리고 이 응답 없는 기다림을 위해 필요한 덕목
이 있다. 바로 체념의 기술이다.

5. 이리하여 나는 슬프게도 체념을 배웠다

「세 사람과 오토바이」는 일차적인 의미와 이차적인
의미를 모두 지니도록 고안된 알레고리 시의 표본과 같
은 작품이다. 이번 시집에서 윤희상은 표면적인 이야기
의 층위 뒤에 숨은 이면적인 의미를 독자로 하여금 스
스로 미루어 짐작하도록 유도하는 데 남다른 솜씨를 보
이는데, 그 대표적 실례가 「세 사람과 오토바이」이다.
표면적으로 이 작품은 사막에서 세 사람이 오토바이 타
기 놀이를 하는 이색적인 풍경과 그중 한 사람의 원인
모를 실종에 대해 이야기하지만, 이를 통해 시인이 우
회적으로 피력하고 싶었던 메시지는 '다른 무엇'이었을
터이다. 그렇다면 '알레고리커' 윤희상 시인의 복심(腹

心)은 무엇일까? 전문을 인용한다.

세 사람이 사막으로 갔다
한 사람씩 차례로 오토바이를 타고
멀리, 어떤 곳까지 갔다가 되돌아오는 놀이를 했다

첫번째 사람이 오토바이를 타고 출발했다
두 사람은 기다리고 있다
멀리, 어떤 곳까지 갔다가 되돌아왔다
어떤 곳은 구름 그림자였다

두번째 사람이 오토바이를 타고 출발했다
두 사람은 기다리고 있다
멀리, 어떤 곳까지 갔다가 되돌아왔다
어떤 곳은 낙타 무덤이었다

세번째 사람이 오토바이를 타고 출발했다
두 사람은 기다리고 있다
멀리, 어떤 곳까지 갔다가 되돌아오지 않았다
아직, 어떤 곳을 알 수 없다

지금, 어떤 곳으로 가고 있다.

눈에서 뒷모습이 점처럼 작아졌다가 사라졌다

당연히 보이지 않았다

행여나, 어떤 곳이 없는 것은 아닐까

며칠이 지나고,

몇 해가 지나도록 되돌아오지 않았다

—「세 사람과 오토바이」 전문

자고로 좋은 시는 적게 말하고 많은 연상을 불러일으
키는 법. 이 작품을 읽자 네 장면이 떠오른다.

① 파리를 출발해 사하라 사막을 가로질러 서부 아프
리카의 관문인 세네갈의 수도 다카르에 도착하는 다카
르랠리. 윤희상은 오토바이 타기 '놀이'로 표현했지만,
어쨌든 시가 묘사한 사막을 질주하는 모터사이클의 모
습에서 정해진 포장도로를 달리는 일반 레이스와 달리
계곡, 산길, 사막 등 열악한 비포장 길을 3주 동안 질주
하는 지옥의 경주 다카르랠리가 오버랩 된다. 고도의
운전 기술과 3주에 걸쳐 불면무휴로 달릴 수 있는 지구
력이 요구되고, 50도가 넘는 기온차와 예기치 못하는
지형을 극복해야 하기 때문에 완주율이 높지 않을 뿐
만 아니라, 레이스 도중 사망한 참가자도 적지 않다는
점을 염두하고 시를 다시 살펴보니, 귀환하지 못한 "세

번째 사람"의 명운이 걱정된다. 그는 지금 어디에 있는 걸까? 일렁이는 모래 파도에 파묻힌 걸까? 시를 통해 확인할 수 있는 사실은, 그는 '계속' 가는 중이고, 나머지 두 사람은 '계속' 기다리고 있다는 것이다. 물론 그가 돌아올 확률은 거의 없다. 그리고 둘은 이미 오래 기다렸고("며칠이 지나고,/몇 해가 지나도록") 앞으로도 기다릴 것으로 보인다. 그가 사막과 하늘이 맞닿은 지평선 너머 소실점 속으로 사라질지라도 둘은 끝없이 기다릴 것이다. 이 시에서 윤희상은 세 번 반복해 이렇게 쓴다. "두 사람은 기다리고 있다".

　② 이 기다림의 모티브에 부조리극의 대명사인 사무엘 베케트의『고도를 기다리며』의 무대가 포개진다. 나무 한 그루뿐인 황량한 시골길, 마치 사막처럼 황폐한 무대 위에서 두 부랑자 블라디미르와 에스트라공은 고도라는 인물과의 약속을 위해 무려 50년 동안 기다린다. 이 둘은 고도가 누구인지, 자신들이 기다리고 있는 장소와 시간은 맞는 것인지 알지 못한 채, 그저 고도를 기다린다. 하지만 윤희상의 "세번째 사람"이 돌아오지 않듯이 고도는 돌아오지 않는다. 여기서 남는 것은 단 하나의 상황이다. "두 사람은 기다리고 있다". 이렇게 보면「세 사람과 오토바이」는 인간의 삶을 단순한 기다림으로 정의하고 그 무한한 기다림 속에 나타난 인간존재의 부조리성에 대한 시적 알레고리로 해석된다. "아

무도 오지도, 가지도 않고, 아무 일도 일어나지 않고, 정말 끔찍해"라는 에스트라공의 대사는 「세 사람과 오토바이」의 주제를 압축한 것으로 읽힌다. 짐작건대, 윤희상의 생각은 이런 것 같다. 세번째 사람은 영영 오지 않을 것이다. 그리고 어쩌면 세번째 사람은 어떤 곳으로 가고 있는 것이 아닌지도 모른다. 왜냐하면 애초부터 "어떤 곳"은 부재의 공간일 수 있기 때문이다("어떤 곳이 없는 것은 아닐까"). 사정이 이러하니 어떤 반전도 어떤 사건도 일어나지 않을 것이다. 답답하다. 허무하다. 아니, 끔찍하다. 하지만 이것이 우리네 삶의 실상이 아니던가. 그러니 잘 체념하는 법을 배워야 한다.

③ "사막", "놀이", 3단계("첫번째", "두번째", "세번째"), "낙타". 「세 사람과 오토바이」에 등장하는 이 모티브들은 니체의 차라투스트라가 수도를 마치고 산을 내려와 처음으로 인간에게 설파하는 「세 가지 변화에 대하여」를 부분적으로 떠올리게 한다. 알다시피 차라투스트라는, 무거운 짐을 짊어지고 사막을 걷는 낙타의 단계(책무와 순응)에서 남이 지워준 짐을 벗어던지고 자유를 쟁취해 사막의 주인이 되는 사자의 단계(용기와 자유)를 거쳐, 궁극적으로는 기존의 패러다임을 깨고 새로운 가치를 창조할 수 있는 아이의 단계(긍정과 놀이)로 인간 정신이 변화해야 한다고 역설한다. 차라투스트라는 아이를 이렇게 규정한다. "아이는 순진무

구함이요, 망각이고, 새로운 출발, 놀이, 스스로 돌아가는 바퀴, 최초의 운동이며, 성스러운 긍정이 아닌가. 그렇다. 창조라는 유희를 위해서는, 형제들이여, 성스러운 긍정이 필요하다." 이런 차라투스트라의 말을 품고 다시 윤희상의 시로 돌아가면, 윤희상이 사막을 달리는 죽음의 레이스를 왜 "놀이"라고 표현했는지 추론해볼 수 있다. 창조는 놀이 속에서 이루어진다. 타자의 의지를 따르는 것이 아니라 자신의 의지가 이 창조적 놀이의 원동력이다. 놀이에 빠져 있을 땐 왜 놀고 있는지 의문을 제기하지 않는다. 그저 느낌대로, 마음대로 놀 뿐이다. 니체의 아이의 단계는 윤희상 시인이 지향하는 예술론과 놀랍도록 일치한다.

예술이 그렇듯이, 당연히 누구의 간섭도 받지 않았다. 더군다나 누구를 위한 것도 아니다. 딱히 어떤 관습이나 규범을 따르지도 않았다. 몰입이고, 몰두다. (……) 환희다. 다만, 그런 일을 한 뒤의 기쁨이고, 자유다. (……) 혹은, 장난이다. 놀이다. 뜻이 아니라 느낌이다. 마음대로다.

—「옹기 수화문」부분

이런 맥락에서 보면 사막에서의 오토바이 타기 놀이는 아이의 창조적 유희로 재해석될 수 있다. 늘 새롭게

시작되는 오토바이 경주(새로운 출발)와 힘차게 회전하는 바퀴(스스로 돌아가는 바퀴)는 니체가 말한 아이의 창조적 유희를 상징할 수 있다. 그리고 이 세 사람은 '낙타'처럼 기성 질서에 순종하지 않는다. 오히려 이 셋은 '아이'처럼 사막을 질주한다. 부릉부릉 오토바이를 타고 달릴 뿐이다. 갔다가 오고 다시 갔다가 또 되돌아온다. 하지만 두려움도 불만도 없다. 이들은 동일자의 영원회귀를 긍정하기 때문이다. 특히 '세번째 사람'의 행보는 의미심장하다. 그에게는 도착할 목표, 즉 "어떤 곳"이 없다. 그는 지금도 사막을 횡단하는 중이다. 그는 도상(途上)의 존재이다. 이런 그의 모습은, 인간은 목적이 아니라 건너가는 존재라는 차라투스트라의 대명제에 부합된다. 사막의 소실점으로 시나브로 사라지는 이 "세번째 사람"의 뒷모습에서 윤희상 시인이 충청도 여행 중 만난 스님, "오백삼십육 일째"(「도보승」) 길을 걷고 있는 도보승의 뒷모습이 어른거린다.

④ 오토바이 타기 놀이가 창조적 유희에 대한 알레고리로 인정된다면, 이들의 '놀이'는 시 쓰기를, 세번째 사람이 가고 있는 '어떤 곳'은 시인이 지향하는 언어를 상징할 수도 있지 않을까. 이 물음과 함께 네 번째로 떠오르는 장면이 있다. 독일 시인 스테판 게오르게의 「언어」이다.

먼 곳의 경이와 꿈을
나는 나의 왕국의 경계에까지 가져왔다

나는 하얗게 머리가 센 운명의 여신이
샘 가운데서 그 이름을 찾을 때까지 기다렸다

그 위에서 나는 그것을 밀도 있고 강하게 파악할 수 있
었다.
지금 그것은 경계선 전체에서 꽃피어 빛나고 있다

한때 나는 쾌적한 여행 끝에
조그마한 값지고 은은한 보석을 손에 넣었다

여신은 오래 찾다가 내게 알려주었다
여기 깊은 곳에서 자는 것은 아무것도 없다

그때 거기서 보석은 손으로부터 빠져나가고
나의 왕국은 결코 그것을 얻지 못했다

이리하여 나는 슬프게도 체념을 배웠다
언어가 없는 곳에 사물은 존재하지 않으리라는 것을
　　　　　　　　　　　　　　─스테판 게오르게,「언어」전문

먼 곳을 여행하고 가져온 "조그마한 값지고 은은한 보석"은, 시의 제목이 암시하듯이 언어를 상징한다. 게오르게의 「언어」는 한 편의 시를 쓰기 위해 시인이 갈구하는 언어를 얻기란 녹록지 않다는 것을, 아니 어쩌면 불가능하다는 사실을 아름답게 보여준다. 자신의 생각과 영혼을 온전히 담을 수 있는 언어를 찾기란 요원하다는 것이 이 시의 주제이다. 참신한 시상("먼 곳의 경이와 꿈")이 떠올라도, 그래서 한 편의 시를 조탁할 수 있다는 기대("이름을 찾을 때까지 기다렸다")와 집필이 실현될 수 있다는 아슬아슬한 희망("경계선 전체에서 꽃피어 빛나고 있다")을 품더라도, 종국에는 가져온 보석에 부합되는 이름(언어)을 붙일 수 없다는 것이, 시인 게오르게의 문제의식이다. 사물에 이름을 부여해주는 "하얗게 머리가 센 운명의 여신"도 합당한 이름(언어)을 찾아줄 수 없는 지경이니, 이제 남은 것은 체념을 배우는 일일 뿐이다. 여기서 주목해야 할 대목은, 언어의 부재가 곧 보석의 유실(遺失)로 이어진다는 것이다("그때 거기서 손으로부터 보석은 빠져나가고"). 이는 역설적으로 보석을 보석답게 현존시키는 유일한 가능태는 언어라는 점을 부각한다.

윤희상의 시에서 '첫번째 사람'과 '두번째 사람'은 "멀리, 어떤 곳"까지 갔다가 되돌아왔다. 하지만 손에 움켜쥔 것은 아무것도 없다. 이 둘은 자신들이 지향하는 언어를 찾아 나섰지만 헛수고였다. 그들이 힘겹게 가닿은 '어떤 곳'은 허상("구름 그림자")이었고, 죽음의 터("낙타 무덤")였다. 언어는 붙잡을 수 없는 신기루와 같고 봉인된 묘실과 같다. 이제 이 둘은 언어를 제 손으로 부릴 수 있다는 욕망을 버려야 한다. 그래서 이 둘에게 필요한 것은 체념할 수 있는 용기이다. '세번째 사람'도 어떤 곳을 찾아 오토바이를 타고 떠났다. 하지만 그는 지금도 여전히 어떤 곳으로 가고 있을 뿐이다. 그가 어떤 곳에 도착할 확률도, 그가 다시 출발점으로 되돌아올 확률도 제로이다. 따라서 그에게 필요한 덕목도 지혜로운 체념이다. 이때의 체념은 허무주의적 패배의식에 빠진 자의 무책임한 포기가 아니라, 자신의 한계를 정확히 인식한 자의 최종 귀결점이다. 이때의 체념은 행위의 중단이 아니라, 반성이자 자각이며 결심이 된다. 포기는 힘에 굴복하는 것이지만 체념은 스스로 힘을 거두어 자신과 독대함으로써 새로운 가능성을 조심스럽게 모색하는 일이다. "행여나, 어떤 곳이 없는 것은 아닐까"라는 체념 속에 '아마도, 새로운 어떤 곳이 있지 않을까'라는 한 줌의 희망과 기대가 움틀지도 모른다. 이런 맥락에서 보자면, 시는 채집하고 포획한 언어의 재물로 쌓은 화려한 예술의 왕국이 아니다. 시는 무한무변한 사막의 모래밭에 희미하게 남은 오토바이 바퀴 자국 같은 것일지 모른다. 이것이 슬프게 체념

을 배운 자의 아르스 포에티카(ars poetica), 즉 윤희상
의 시학이다.

6. 그 얼룩을 사랑해

「시」는 '시로 쓴 시론'이다. 시인은 이 작품에서 시
쓰기란 "기억의 한 조각", "소리", "이미지"와 같은 시
료를 언어로 번역해내는 작업이라고 설명하고 있는데,[*]
여기서 놓치지 말아야 할 점은, 기실 이 작업이 불가능
하다는 인식이다. 윤희상은 「시」의 말미에서 자신의 시
론을 이렇게 요약해놓는다.

　　불현듯 시료라는 말이 생각나
　　머리 안의 어디쯤 기억 창고가 있겠지

─────────

[*] 윤희상은 뇌리에 깊이 각인된 원초 이미지를 언어로 번역하는 작
업이 시 쓰기의 요체라고 인식하고 있는데, 특히 이 원초 이미지
는 특정한 색채로 돋을새김 되는 경우가 많다. 김환기 화백의 작
품 세계에 대한 인상은 "푸른빛 물"의 이미지로 기억되고(「환기미
술관」), 학창 시절 광주 동강학원 이사장에 대한 기억은 "흰 모자"
로 오롯해지며(「이장우」), 광주 민주화 운동의 참혹한 비극은 계엄
군의 총에 맞아 쓰러진 어느 학생의 머리에서 쏟아진 "짙은 피"와
"순두부 같은" "흰 덩이"로 더욱 선명해진다(「색으로 기억하다」).
이처럼 이번 시집에 색채 이미지는 언어로 표현 불가능한 것을 가
시화하는 효과적인 시적 기제로 사용된다.

그곳의 기억 한 조각, 그러니까

시료를 꺼내 평면 유리 위에 올려놓고

촉매 용액을 한 방울 떨어트리는 거야

그럼, 뭉쳐 있던 그 기억 한 조각이 슬슬 풀리겠지

처음에는 소리든지, 이미지든지 뭐 그러겠지

그것을 종이 위에 글로 옮기는 거야

그것조차도 쉽지 않겠지

그것이 정말 가능할까 그런 생각도 해보지

(……)

미처 글로 담기기 전에 도망쳐버리는 것일 수도 있겠지

때로는 놓쳐버리는 것이지

그래서 글이 되지 못하고

보이거나, 만져지지도 않고,

미처 느껴지기 전에 모두 사라지거나,

사라진 뒤의 얼룩이라도, 그 얼룩을 사랑해

―「시」부분

　　"얼룩"이라는 시어에서 사막에서 언어를 찾아 떠난 '세번째 사람'이 남긴 자취, 말하자면 사막 어딘가에 희미하게 남아 있을지 모르는 그의 오토바이 바퀴 자국이 겹쳐 떠오른다. 그렇다. 시의 본질은 언어로 담은 어떤 것이 아니라 언어로 담기 전에 도망간 어떤 것일지 모른다. 시는 미처 언어가 되지 못하고 소멸된 뒤 남은 희미한 얼룩일지 모른다. 여기서 시인은 얼룩을 사랑한다고 고백한다. 누군가를 진심으로 사랑한다는 것은 '당신 뜻에 내 자신을 온전히 맡기겠어요'라고 말하는 것과 같다. 사랑에 빠진 이는 상대방을 위해 자신이 추구했던 가치와 소신을 기꺼이 단념한다. 그렇다고 이 내던짐이 절망으로 이어지진 않는다. 자발적인 체념 상태에 빠지면서도 충만해지는 기쁨의 감정, 이것이 사랑의 본질이다. 이렇게 보면, 사랑의 전제는 자발적인 체념이다. 이런 맥락에서, 언어의 본질을 냉철히 인식하고 자신의 한계를 자각한 시인, 그래서 언어를 붙잡지 않고 언어의 뜻에 자신을 내맡긴 시인은 이렇게 말할 자격이 있다. "사라진 뒤의 얼룩이라도, 그 얼룩을 사랑해".

7. 세상은 한 권의 책이다

아쉽지만 이제 윤희상의 시집을 닫고 나와야 할 때가 됐다. 들어갈 때와 마찬가지로 한참을 서성거린 작품이 있다. 출구가 된 시 「마지막 말」은, 다행히도 이 시집의 맨 마지막에서 손님과의 작별을 기다리고 있었다. 「너무나 인간적인」에서 시인이 전한 환대의 말이 그랬듯

이, 시인이 전하는 환송의 말, 즉 「마지막 말」도 간결직
절하다. 윤희상 특유의 삭벌(削伐)의 언어 미학이 구현
된 아포리즘에 가깝다.

    신은 없다
    그러니, 책을 의지하면서 살아라
                              ―「마지막 말」 전문

  이 작품을 '신은 진리이다'라는 종교적 정언명령을
부정하고 '책 속에 진리가 있다'고 주장하는 무신론자
의 강변으로만 읽으면 얕은 해석이다. 나는 윤희상 시
인이 무신론자인지 유신론자인지 알지 못하며, 이는 이
시집을 읽는 데 크게 도움이 되는 정보도 아니다. 그렇
다고 여기서 신의 존재 여부를 논하는 것도 생산적이지
않다. 다만 분명한 사실은, 시집의 말미에 갑작스럽게
출연한 이 신은 기독교나 이슬람교 신자가 숭배하는 유
일신을 의미하지 않는다는 것이다. 윤희상이 말하는 신
이란, 인간이 필요에 따라 만들어낸 우상, 이 세계를 지
배하는 절대적 권력, 비이성적이고 맹목적으로 신봉하
는 도그마, 타자를 인정하지 않는 독단적인 이데올로기
등을 총칭하는 대명사로 읽힌다. 이런 맥락에서 보면
"신은 없다"란 단언은 관습적으로 굳어진 기성의 질서
체계를 부정하고 다원적인 가치의 공존을 주장하는 해

체주의자의 선언으로 읽힌다. 그렇다면 윤희상은 왜 책을 대안으로 제시하는가? 그가 생각하는 책은, 일정한 목적, 내용, 체재에 따라 사상, 지식, 정보, 감정 등을 글로 표현하여 적거나 인쇄하여 묶은 종이책에만 국한되지 않는다. 윤희상이 생각하는 책의 외연은 아주 넓다. 그 단서를 「땅이 책이다」에서 찾을 수 있다.

　　책을 읽지 못하면서 사는 것이 안타깝다는 농부에게
　　내가 말했다

　　별말씀을요
　　괜찮아요
　　땅이 책이잖아요

　　　　　　　　　　　　　　　　　　－「땅이 책이다」 전문

　　땅을 갈아 농사를 지어 우리 삶에 일용할 양식을 제공하는 경작 행위는, 종이 위에 파종된 문자를 저작(咀嚼)함으로써 영혼의 양식을 수확하는 독서 행위와 크게 다르지 않다는 시인의 발상이 참신하다. 가지런하게 줄 맞춰 농작물이 심어진 경작지의 모습과 여러 문자들이 다양한 조합을 이루며 줄지어 나열된 책의 지면은 유사하지 않은가. 밭갈이가 곧 필경(筆耕)에 다름 아니니, 농부는 매일 자연이라는 거대한 책을 읽고 있는 셈이다.

또한 대지 전체가 책이라는 생각은 중세 초기 기독교 스콜라 철학의 세계관과 흡사한 점이 많다. 스콜라 철학자들은 세계 자체를 세상에서 가장 소중한 책, 세상에서 가장 큰 책으로 인식했다. 성서를 열자마자 그 이유를 쉽게 알 수 있다. "하느님께서 말씀하시길, 하늘 아래에 있는 물은 한곳으로 모여 뭍이 드러나라 하시자, 그대로 되었다. 하느님께서 뭍을 땅이라, 물이 모인 곳을 바다라 부르셨다."(창세기 1장 9~10절) 이들은 성경에 입각해 창조주의 말씀으로 이루어진 이 세계는 신의 말씀이 적힌 책이고, 모든 피조물은 그 책을 이루는 글자라고 믿었다. 요컨대 이들에게 언어는 대상을 표현하는 수단이 아니라, 대상을 스스로 현존하게 만드는 신의 목소리였다. 중세 스콜라 철학자 위그 드 생빅토르는 이렇게 노래했다. "눈에 보이는 이 모든 세상은 신의 손가락으로 쓰인 한 권의 책과 같다."

생빅토르의 종교적 입장을 윤희상의 시에 그대로 대응시키는 것은 무리일 터이다. 하지만 분명한 사실은, 윤희상이 생각하는 책은, 우리가 사는 '여기 지금'의 세상 전체를 아우르는 개념이라는 것이다. 길게 풀어 설명할 수밖에 없는 내 영세한 필력이 부끄럽지만,「마지막 말」의 두 행을 이렇게 네 문장으로 '번역'해본다.

이 세계를 지배하는 단 하나의 원리도, 이 세계 위에

군림하는 절대적 일자(一子)도 없다.

다양성의 가치를 짓누르는 우상과 자유로운 정신을 옥죄는 독단을 부정하라.

실체를 넘어선 초월적인 것에 의존하거나, 헛된 관념이나 사상을 우러르지 말아라.

그러니, 바라건대 세상이라는 거대한 책을 읽는 일을 게을리하지 말고 살아라.

윤희상은 천상 시인이다. 그는 한겨울 깜깜한 호수의 심연에서 외롭고 소외된 사람들의 말을 품어 안는다. 그의 시의 심장이 따뜻한 연유이다. 윤희상은 숙련된 시인이다. 그는 불필요한 언어를 베어내고 꼭 필요한 언어도 다듬고 또 다듬는다. 그의 시의 용모가 단정한 까닭이다. 윤희상은 체념의 기술을 체득한 시인이다. 그는 오토바이를 타고 사막의 오지를 달리며 인간 존재의 필연적 제한성을 자각한다. 그의 시의 품성이 겸손한 소이연이다. 동시에 윤희상은 이런 시인이기 이전에 현실의 땅에 굳건히 발을 딛고 오늘을 살아가는 성실한 시민이다. 그는 다사다난한 삶의 궤적이 생생하게 인쇄된 세상이라는 거대한 책을 또박또박 읽는다. 그의 시의 마음가짐이 정직한 이유이다.

머물고 싶다 아니, 사라지고 싶다

© 윤희상

1판 1쇄 발행 | 2021년 11월 22일

지은이 | 윤희상
펴낸이 | 정홍수
편집 | 김현숙 이명주
펴낸곳 | (주)도서출판 강
출판등록 | 2000년 8월 9일(제2000-185호)

주소 | 서울시 마포구 동교로17안길 21(우 04002)
전화 | 02-325-9566
팩시밀리 | 02-325-8486
전자우편 | gangpub@hanmail.net

값 13,000원
ISBN 978-89-8218-289-1   03810